元澤一樹　詩集

マリンスノーの降り積もる部屋で

コールサック社

詩集　マリンスノーの降り積もる部屋で　目次

I　マリンスノーの降り積もる部屋で

Ⅱ　ネオ・ヒューマノイド

詩集

マリンスノーの降り積もる部屋で

元澤一樹

Ⅰ　マリンスノーの降り積もる部屋で

十代

上手にその美しい色彩を出せない
まだ熟しきれていない花びらは
ビニール袋に綺麗に収まった
他の花の彩りの中で
居心地悪そうにふやけている
初夏の日差しに剃刀負けした柔肌で
痛々しい過去を撫でると
つまらない顔で落下する空が
どうせ青ざめていくのが分かる
街ではいつもどこかで誰かが順番に狂っていって

半透明の未来が亡霊のように突っ立っている
莫迦《ばか》な流行歌が耳に馴染んで
日めくりカレンダーをめくるたびに
付箋紙のような身体がすり減っていく
灼熱のアスファルトに焼ける俺たちの十代が
ミミズのように焦げ付いて
地球のシミにもならないのを目の端でなぞりながら
鳥肌の奥の血ノ池が激しく沸き立つのを感じる
怒りと焦り、不安と恐れが入り混じった藍色が限りになく黒に染まるとき
揺れないカーテンの向こうで鬱が星屑と煌めく
毛布が、布団が、血塗れ傷だらけの身体を
母胎のように優しくあたたかく包み込むから
ささくれ立った言葉がよけいに鋭く尖り
果てしなく誰かを傷つけてしまいたくなる衝動に駆られる
ベッド下の埃にまみれた躁が

孤独の闇に燃える青白い焔となって
加速し続ける思考をオーバーヒートさせる
青春なんて枕の下で描く理想郷の乱交図画だ
脳と目はブルーライトに洗われて
その支離滅裂と荒唐無稽は無限に泡立ち続ける
やがて外が白々しく明け世界が水浸しになる頃になって
やっと眠りに落ちるそんな枯れ果てた毎日は
もはや好きとか嫌いとか善とか悪とか
そんな単純な二項対立を組まない
ヒリヒリした素足でおろし金のような道を歩けば
血の匂いを孕んだ鉄風が鋭く脇腹を切りつけ
そこかしこに死体が転がり
俺がそこでナイフを強く握りしめたのは
眼下で蟻の群れ共に運ばれるトンボを見たからで
決して好きなバンドのアルバムが半年後にリリースされるからではないのだと

魚のいない溜池に唾を吐き捨てて過去に屁をこく
この先いろんなものを諦めて
様々なものを見て聞いて学び忘れる
役目を終えたカレンダーで折った紙飛行機は
大きすぎて遠くまで飛ばない
言葉を吐くたびに自分が大嘘つきに思えて
詩を重ねるたびに自分がわからなくなって
人と話すのが一番怖くなってしまう
ニワトリの鶏冠の赤色が黒目に浮かんで
全身が硬直しそのまま意識が朦朧として
足先から指先からつむじから下の先からじわじわと狂っていくような
懐かしい感覚に涙が出そうになる
デジャブと走馬灯とフラッシュ・バックの森を潜水して
拓けた花園にて優雅に旋回する虹が複眼越しに弾ける虹が出産する
とてつもなく長い夢の途中で

フィクションとノンフィクションに揉みくちゃにされながら
右折と言って左折をした道をさっきからずっと通っている
霊柩車の中に妊婦と産婆と死神と市役所職員
猫背気味に歩く下校中の少年が誘拐されたというニュースを
他人事のように見つめる少女は青く腫れた片膝を立てながらカップラーメンをすする
鈍く光りを放つ包丁で背中を刺されるような違和感は翼が生える合図だ
なんて全部嘘だ
この世界に本当なんて何一つ存在しないのは
この世界に嘘が一つもないからだ
猫に小判　豚に真珠　ＳＮＳには綺麗事
手垢にまみれたこの荒野を踏みつけるための
新しい靴と銃を買いに行かねばならない
この夜の向こうでまた朝は白々しく産声をあげるから俺は自分で掘った土の中で眠ろう。アラームは付けず、ＧＰＳも捨てた樹海の一部と化した自殺者た

ちの浮いた足

マリンスノーの降り積もる部屋で

流星が燃え尽きるスピードにも似た希望がきみのスマホケースで居心地悪そうな顔で挟まっている（レシートは綺麗に整理しなくちゃダメだ）から人生はひとり用の携帯ゲーム端末だという人が出てくる。誘蛾灯に集まる羽虫が乾いた音を立てて空っぽになってあの発光体のある箱の底に溜まっていくんだ。それを深夜バイトの大学生が面倒くさそうに掃除をしているんだ。命だった。それはさっきまで生きて飛んで動いていたれっきとした命だったんだよ。ゴミ箱に捨てられてしまうくらいの命だったんだよ。コンビニの駐車場には今夜も車中泊の車が何台か停まっているからきっと家主のいない深海みたいな部屋でゴキブリが流しの水垢を舐めて健気に生き延びている。ぼくらコンビニ弁当の唐揚げの下に敷かれた味のしないパスタをいつも残してしまってごめんね。ごめんね。って誰に謝ればいいのかわからないから同じ過ちを繰り返す繰り返す繰り返してどんどんどんどん慣れてしまって慣れてしまってもうあたりまえになっていって命なんて命なんて粗末に扱ってもいいんだって考えてしまう。居心地の悪いカーシートに横たわってなかなか寝付けない夜にカーラジオから藤圭子が流れてきたときとか特に自分の存在がわからなくなって泣きたくなって消えたくなって死にたくなって。死にたくなった。それも命だった（誘蛾灯で死んだ羽虫も深夜バイト大学生も水垢を舐めるゴキブリも藤圭子もぼくも）。命だったんだ。ごめんね。ごめんね。ばかりがマリンスノーみたいに降り積もる年末のやり切れなさを綺麗に額に入れて飾るだけの家賃7万のワンルームでぼくは太古の姿のまま泳ぐ深海魚になりたい。

アニマルテーゼ

窓のサッシに転がる抜け殻を
ゴミと認識した後　ポイと捨ててしまう
それに戸惑いを覚える人間なんていないよな
そんな暇ないくらいに日々は忙しい
今日何匹の虫を殺したかなんて数えていないから分からない
とか言っておいて
最初から興味なんてなかった
ピラミッドの天辺に君臨する高知能生物である我々は
鈍感なふりして残酷さを隠すくらいには神様似
遺伝子の構造がほんの少し違っただけで

喰うものは喰われるものへと急降下
幸せと不幸せ　可と不可　善と悪　0と1
二元論でしか物事を考えられないなら
それはコンピュータと何ら変わりないな
革命のときを恐れなさすぎる
そのくせ退屈を窮屈に思う我ら愚かな人間様々だから
求愛行動の真似して隣人に殺意を抱く
今日は何人の人とすれ違ったか
今日は何匹の生き物を喰ったか
鼓動は正常なのに頭は異常
哲学書読みながら自慰に狂って
愛の言葉を呟きながら射精する
頭でっかち異端アニマル
初めて女を抱いた夜
ベロベロに酔った神様が適当に作った不要の駄作

Wikipedia の制作者名簿からその名前が消えたのが何よりの証拠だ
アブノーマル世界線から繋がる
ケーブルテレビの有料チャンネルをごらん
神様の公開インタビューがやっているだろう
そこで「神様が今日何人の人間を殺したのか」の質問を受けている
キリスト・アッラー・仏様
みんな口をそろえて言っているぜ
「考えたこともなかった」

初出：琉球大学附属図書館『第十回琉球大学びぶりお文学賞受賞作品集』

映画観

きみの好きな映画の話をしてくれ。メジャーなやつじゃなくてマイナーなやつ。初めての彼氏と映画館で、十分後に上映するという理由だけで観た面白くも面白くなくもなかった映画でも（デヴィッド・フィンチャー作品、中村哲也作品以外で頼む。贔屓《ひいき》の監督だから）、高校時代、サブカルにハマりたてのキミが観たアングラな映画（『ファイト・クラブ』、『パルプ・フィクション』、『バッファロー66'』はもはやサブカルでもアングラでもないよ）でも（ある程度は）なんでもいい（なんでもいいよ）。ネタバレなんてバンバンしてくれてかまわない。僕の知らない世界をきみの唇の動きと滑らかな舌使いによって発せられる不思議の国のお伽話のようにときに神秘的でときに刺激的な風景で僕の鼓膜をびちゃびちゃに濡らしておくれ（骨抜きにしておくれ）。前頭葉をミンチにしておくれ（阿呆にしておくれ）。面白そうであれば帰りにレンタルして観るし、興味が湧かなくたってきみの話はエンディングまで〝しかと〟聴いてやるから思う存分語ってくれ。二時間前後に収まった小さな嘘っぱちだけが真実の世界に生きる小人の人生を、色とりどりの情報が集まって凝り固まって濁り切った馬鹿デカい世界で生きる巨人のきみの声帯を微細に震わせて見せてくれ（と、ここまで止めどなく喋ったところで終始苦笑いを浮かべていた彼女が「映画なんてもう何年も見てないし……最後に観たのは『君の名は。』かなぁ」とイケアの組み立て式本棚みたいな台詞を吐くものだから僕は心底冷めてしまって、グラスに残ったレモンティーをずるずると音を立てて啜った後で退屈に会計を済ませカフェを出てそれから少し話して彼女とは別れた）。と、こんな映画、大学の自主制作映像作品でもあるわけはないが、つまるところ僕が求めているのはこういう話に平気で二、三時間付き合ってくれるような気さくな女友達と、こんな、エッセイにも私小説にもなれないような散文を「詩」というかたちで発表されているから、というだけの理由でここまで真面目に「詩」として読んでくれている読者だ。日夜、受動的にも能動的にも様々なものを見、聞き、嗅ぎ、触り、味わって、そして知りながら生きているきみが無意識的に行っている記憶の取捨選択の［捨てるものリスト］にこの詩も入っていますように（そんな言葉を最後にこの詩のゼンマイは徐々に動きが鈍くなる）。これは詩が僕の体と、映画と異性との付き合い方に関するフィクションという形体を借りて書いたある種の『遺書』だということを僕（詩）も僕（元澤一樹）も知らない。事の真相、顚末、スタッフロールの関係者あれそれを記した文字列がフェードイン／フェードアウトするだけのエンドロールを見るのはいつも視聴者（つまりは読者）だけでしかない。この短い人生に於いてもそれは同じだ（その言葉を最期に暗くなる映画館／そして客席は目を覚ます）。

ハイブリッド・ミュータント

道路脇に転がる何かを啄む鳥を時速80キロの速度で蹴散らして走り抜ける。逃げるように飛び去った鳥の啄んでいた何かを何かのままに僕もまたその場から逃げ去るように高速のＩＣに突入する。無知は無知、全能は全能。同じ時空を通過していく。鳥と人間の生き方にこそ差はあれども同じ命に変わりなくそれでも僕はありとあらゆる無限の情報の中から自分の丈に見合ったものだけを上手に器用に的確に選び取るだけの術と力量を併せ持っていると愚かにも自負している
生態ピラミッドの頂点に君臨する人間という肩書に恥じぬ生き方。
「どう足掻いても僕ら所詮アニマルさ」と笑うシニカルもアイロニカルもまるごとそのまま受け入れてはいはいはいと三つ四つ返事しこなれた相槌いつもの

ように上手に熟して「我々異端アニマル！」なんて戯言《ざれごと》を声高々に宣言したならいつもよりずっとずっと深く強くアクセルを踏み込むこの世の万物の呪いも怒りも聞く耳持たずに馬鹿面決め込みまたひとつ風に逆らって走る。プログラミング脳内、鉛の心臓、アップデート可能な心と機械の身体ではるか上空の宇宙空間から見下ろす神さえ見下ろす側にいつの間にやらなってしまった愚かな異端アニマルにはもはや海風の嘆きもマントルの悲鳴もムカデの遺言も届かない時速１４０、１５０、１６０キロよりもずっとずっと速く、音速光速をも超えてしまった我々は既に人間でなくなった。もちろんアニマルのその姿すら見る影もないバケモノになっていたのにそれすら自身で気づきもしないでいた我々母なる神と父なる機械の狭間で産声を鳴らしたハイブリッド・ミュータントにはそれを知らせる鳥の声も届きやしない。啄むそれすら無論興味を示さない。振り切ったスピードメーターの微振動の動き威嚇する猛犬のごとく吠えるエンジン音に釣られ目の前のすべてをなぎ倒す。もはや一周まわってケモノに近い激しさでガードレールに突っ込んで突っ込んだ！　突っ込んでそのまま！心拍はあるが呼吸の確認ができない状態。瀕死かと思われた次の瞬間には独歩していた散り散りになった鉄板と部品、千切れて飛んでいった細い指や爪や目玉、流れ出て混じり合うガソリンと血。それぞれが寄せ集まって機械という機械、肉という肉を飲み込み別個体であった我々は収束してひとつの我へと変貌したそれは取って捨てるほどいる無知極まりない神々が最も恐れていた存在そして鉄肉の塊が夢にまで見た人類の最終形態であり何万回と絵に描き石像に彫り伝説として語り継がれてきたあの絶対神からほど遠い異形のアメーバそのものであった。

初出：公立大学法人名桜大学附属図書館『第十四回 名桜大学懸賞作品コンクール作品集』

潮汐

狂った方位磁針が歪める潮騒
なだらかな傾斜を保つ水平線上で
行方知れずの言霊が
突き刺さったまま抜けない

毎夜死に逝く子どもたちの指先の紫藍
崩れ落ちた脳に焼き付いた夢が
離れないまま海底に沈んで息をする
宇宙からひっきりなしに放射され続ける
透明色のメッセージの受取手には

ガラス製の子宮で眠る胎児だけが許されるから
反転空間に吊り下がる座礁を蹴って
ふやけた足の裏を切る
泣き方を知らない胎児の足裏から流れる血が
羊水に混ざるまでの僅かな間
海は凪ぎ
生命たちは呼吸を止めて
ガイアは開眼する
心臓の奥で沸騰している朝明が
昨日の星屑に手を伸ばすように
細かい泡を水上へと放つ
言いかけて飲み込んだ言葉を
代弁する水子霊たちの不知火が
問わず語りの準備を始める

臍帯《さいたい》の繋がったまま
地球の走馬灯を視る胎児たちは
日毎、人の形に近づき
その手のひらには
か細く薄い生命線が刻まれることだろう
今まさに産声を上げる幼子は
分娩室の中からでも
微かに漂う潮の香りを受け取って
眩しさに慣れるまでの時間
張潮《ちょうちょう》の気配を感じて
口元を強く結ぶ
何も知らぬ助産師や母親は
それを笑顔だと認知し
自らもまた頬を綻ばす
優しい命の連なりに

不要な部品はそんなに存在しないのだ

煉獄鳥

白よ
淀みなくうねり燃えあがる白よ！
その狂い立つにぎわいよ
稲妻と焔の交りで産み落とされたる一粒の卵の
その玲瓏たる横顔よ
膨張収縮を繰り返す輪郭線よ
ネガティブ・イメージを持たぬ生命のシルエットよ
輝き劣らぬ微かなさえずりよ
やがて孵化する静電気的兆しよ
畏怖と畏敬の念を抱けよ

ひまわり畑をはしゃぎまわる少女の明澄な虹彩よ
永久凍土のその中で揺れる青緑色した焔よ
赤面症の夜明けよ！
くちばしの鋭さよ！
幻よ！
卵を破り覚束ない足取りで立つ鳥の
慟哭とも咆哮ともつかぬ産声よ！

我々は耳の中に蛆を飼い
脳の髄の髄まで喰わせた
代償に受皿のない悦びを得
望み好んで白痴の生涯を選んだ
寄生され雑多に乱れる煩悩の
あの幾多数多の中で蠢く
黒々とした殺風景な点描画

その一点一点こそ
貴様が殺してきた生き物共の悲痛に歪む顔顔顔顔！
發狂思想を抱きなお生きんとす貴様の未練
それを喰らうは鬼神のはらわた煮え繰り返る
地獄沼からわらわら湧出す亡者の目
ネオ仏教経典は燃えて散り散り
灰と縮み上がりなおざりの死神
意地汚く笑い
細やかに細やかにその蠟燭の火は揺れる

ああ白よ！
心に巣食う悪鬼羅刹《あっきらせつ》を燃やし尽くし
現世で汚れた手を洗い流してくれる
あの曇天を貫いて立つ龍の如き火柱よ！
償いの場所は今ここで

神のご加護のあらんことを！

手と手を合わせて涙を流し
痩せた体を地に擦り寄せて
朝晩ひとときの休息も取らず
飲まず食わずで赦しを乞うて
存在しない神なぞへ懇願を繰り返す
白痴亡者の行く末を煉獄鳥はジッと見る

ああ、ああ！
その焔纏《まと》った巨大な翼に抱かれて眠る
一尺余りの幼子の静かな寝息よ！
狂える魂たちを喰らう煉獄鳥の猛禽の眼よ！
あの白眼の、白き、
白さよ！

夜を掘る者

夜を掘る
そこに何を埋めるわけでもないが
掘り終えた頃には
埋めるべきものが見つかるだろう
人並みの感傷も焦燥も憂鬱も
手垢塗《まみ》れでまるで別の人のものみたいに思えて
しかしながら、ここで気を病むのもなんだか凡庸な気がして
嫌になる気持ちを抑えて息を殺してくぼんだ土地にまたスコップの先端を突き
刺す
夢中になれ、必死になれ、という自己暗示を繰り返し

無理やり頭の中を空っぽにしようとすればするほど
余計なことばかりを考えてしまって
同じように陥没した土地は
掘り進めるほど細かな砂利が降り積もって
終わりが見えない
そもそも終わりなんぞはどこにあるというのだろう？／余計なことは考えるな
／無意味だ／それでも掘り進めなければ／掘り進めなければ／俺は／死んでし
まうのか？／確定はできないが可能性はある／それは／つまり／お前は／何が
したいんだ？／分からない／が／こうすることで／治る気も／あるのも／また
／事実／掘る／脳内／自分／懐疑的／会議／積もる積もる積もる積もる積もる
降り積もる積もる積もり続ける星屑のような思考の小石／そんなもの／輝きを
なくした塵に同じ
思考のまるごと妄想のまるごと
戯言《ざれごと》をまるごと幻聴をまるごと
他人事のまるごとをまるごと

入れてもまだ余裕の残る
穴は穴そのものがまるで俺のための墓穴のようにも思えて
そうして一瞬の躊躇《ためら》いの末に飛び降りて横たわる
なるほどこれは心地の悪いほどに心地の良い
俺の掘った俺のための夜の墓穴
やがて鶏鳴と共に無表情の夜明けが訪れ
土と汗と星屑と塵と戯言と他人事で汚れた
俺の顔に被さる陽の光が埋葬する月が心臓を貫く
身体中の血が凍る感覚が死の一文字を渇きかけの脳に弱々しくも伝達すれば
娑婆の光は消え去って常闇が俺を連れ去る
耳元でバクテリアたちの蠢きが
話し声みたくから騒ぎ肉を削ぎ
眼球を抉られ毛を抜かれ血を吸われ
分解され尽くして骨だけになるから
穴ン中はどうやらすっかり伽藍堂

墓跡みたいなスコップが無数に突き刺さったまま
埋葬された夜がまた蘇り土中から手を伸ばす

月夜の河原

死んだばかりのカエルの腹を割って
黒い蛇がぬるりと出てくる
一匹二匹四匹八匹十六匹うじゃらうじゃら
念仏は月の裏に貼り付いて
印字されて印字されて蠢く心象
うねるうねるあれやこれやが
白く大きな彼岸花の種子となり
我の心の土壌に突き刺さり
蟋蟀《こおろぎ》の声が消え消えに鳴る河原の草の
冴え冴えしくも虚しい揺曳を引き延ばす

臍より下の鈍痛は腐った言葉の塊に
呪いのような生命が宿った赤き人型の
足裏に踏みつけられるような感触
薄く張った腹がやがて中の者に蹴り破られて
それが黒い無数の蛇と姿を変えるとき
我もまた一匹のカエルと化して
耳から目玉から爪先から
まるで夜に捕食されるかのごとく
少しずつ呑み込まれ闇に紛れ
息も絶え絶え朦朧とする意識の中で
ほんのり温かく生臭い夜の体内の途中
水子霊たちの柔らかく撓《しな》る喃語を聴くだろう
蟋蟀の声なき静寂の河原に
一輪咲いた曼珠沙華の花が月のよう

マッチ売りの少女シンドローム

マックフライポテトが揚がる音がして
ファミマの入店音がして
ＬＩＮＥ電話の呼び出し音がしてるのに
どこからも産声は聴こえないし
銃声もしないくらい暗い地の底で
脈動する地球を弾倉に込めた
少女は伸びた前髪をかき上げながら
深呼吸と溜息の間に位置する息を吐けば
ことごとく白く色づく冬
イルミネーションが生んだ影に

深海生物たちがおもいおもいのスタイルで
遊泳しているその隣で「綺麗」と呟いて
赤面症の季節が過ぎてじんわり
ゆっくり熱干渉で変化した身体が
大人になっていく焦燥感だけ独歩する
ニセモノの本物たちが行き過ぎる
タイムラインに転がる真実だけ捕まえて
水槽に入れて可愛がってあげたい
おもちゃの家に住む人形さんのために
優しい子どもを用意して
その優しい子どもために用意された
クリスマスという嘘がキラキラ光る夜
世界は端から端までミュートして
愛の数だけ存在するサンタクロースが降る
そんな断片的な映像が

大人たちの心象風景に静かに伝播しながら
たった一つのろうそくの火を吹き消した
明滅を繰り返す光の波紋が
闇を蹴飛ばして母親は微笑む
不純物が多ければ多いほど雪は白く輝き
それを見た少女は涙を溜めた瞳を閉じて
銃口を自らのこめかみに突きつけて
静かに、引鉄を、引く。

産声とともに発光する食卓に幸福は共振し暖炉の火が精霊を孕む。命の成り立ちみたいな楕円形を描いた地球が貫いた少女に空いた風穴。そこから溢れ出す走馬灯の波打つ火炎放射はコーンスープとダンスを踊り、プープー音のなるサンダルが笑えば指人形たちがオクラホマミキサーの形状で花火と飛び散り、辺りを白い鳩が飛ぶ。可哀想な野菜たち。真っ白で真っ黒な初雪を汚す少女の血液。幸福論の最たる悲鳴が上下左右にインデントして、12月の物語は終わりなきエンドロールを称した0・01㎜コンドームの中で動きを止めた精子。嘔吐。かわいい誰かの不幸話を栄養素として成長したクリスマスツリーの種子はまだ熟してない青く透き通った惑星みたいに独りぼっちの泣き虫坊や。あれは、僕と、彼女が、交わした、言葉、から、生まれた、僕らの子だよ。生まれてくるはずだった、ぼくらの子。

水銀灯に含まれた有毒素だけを集めたような
真っ白な雪景色のど真ん中
赤黒く染み付いた
肉塊と
肉片と
真っ赤なおべべを
囲んだ黄色のバリケードテープと
野次馬種馬人集り。
けたたましく鳴るサイレンの音と雑踏が

クリスマスソングを掻き消して
サンタ仕様のカーネルサンダースの前で
空虚なる混沌が渦を巻く駅前。
マッチ売りの少女は
テレビニュースの報道記者と
新聞の記事に犯し輪姦され
ツイッターのトレンドに上がっては
最初から何もなかったかのように
誰にも知られず消えて
あの夜流れた少女の無垢なる血の赤色も
太陽に溶かされた積雪に流され
駅前に手向けられた白い菊の花束は
いつもと変わらぬラッシュアワーの人波に
プレスされてペラペラの下敷きになって
吐き捨てられたガムみたいに

汚れ潰され街にゆらゆら飲み込まれて
また、新しい季節の花が芽吹き
散るその時までは記憶の中で生きる。
騒々しい日々に圧縮された水槽の
B2駐車場で横たわり眠る深海魚の寝言に
耳をすませば新たなる命のつま先が
ガラスの母の腹を蹴る。

種の詩

まだ目の開かない幼子は
自らの手のひらの皺の意味を知らないままに
母親の生き血を啜るのだ
月の満ち欠けを聴きながら
遺伝子は静かに活性化していく
もはや肉の塊ではなくなった
幼子は目を開き
この世界がたった五分前に完成したばかりであることを
確かに記憶に刻んだ
ブヨブヨの水風船のような脳に

切り傷がついた夜更けに
幼子は初めての夢を見ることだろう
この土地の過去を／自らの意識を
ウイルスへと移しそれからプランクトンそしてイクチオステガへ
次々と姿形を変化させて
そして今現在に於ける自分自身がニンゲンであることを知って
ようやく目を覚ます
わずか二時間程度のX次元脳内映像のエンドロールで
幼子は未来を見る／そして一瞬でそれを忘れる
母親は泣き喚く幼子を胸に抱き寄せ
とんとんと背中を優しく叩きながら
ゆっくりとその身体を上下左右に揺らす
その動きは夜の静寂に振動し
ガジュマルの樹の枝先を震わせて
小さな空気の塊を作る

やがてそれは遥か遠くの海上の
大きな積乱雲となって
戦地に大雨を降らす
戦場は一時休戦し
雨水は傷ついた兵士や疲弊した住人達の喉を潤すのだが
そのことを幼子も幼子の母親も知ることはない
ガネーシャは決して踊らない
キリストも事の一切を物語らない
仏陀も開眼することはなく
その時代時代に神は一切の介入をせぬままに
我々はそれぞれ沈黙の任務を終えるだけ
種はその殻を破りまだ柔らかい新芽を碧落へと伸ばす

ウワバミ

人間が好きだ。私にない価値観を以て、面倒なこだわりと感情を併せ持ち、おかしなことばかり恥ずかしげもなく抜かし、人目もはばからず酒を呷り、一通り馬鹿笑いしたかと思えば急に消極的になって、やがて弱音を零し涙を流し嗚《お》咽《えつ》を漏らす。私はサラダを食みながら、それに相槌を打ち、慰め、優しい言葉で投げかけてやり、うちに来ないか、と誘導する。恥ずかしさと照れの入り混じったあの笑顔だけは未だに上手く真似ることができない。ヒールの高い靴も化粧の仕方も衣服の合わせ方も笑わせ方も慰め方もすぐに真似ることができたのに、これだから人間は心底素敵だと思える。人間になりたいという願望があるわけでは全くもってないのだが、例えるなら「憧れ」。そんな言葉が今の所は一番ピンと来るのかもしれない。私の巣へと向かう車内で、助手席の男はずっと同じ話を繰り返している。酒はだいぶ抜けているはずだが、おそらくはこれからのことを想像して、興奮と期待が混ざり白く濁った下心を悟られたくないのだろう。かわいいな、と思った。同時に酒の抜け切る前の肉は酒臭さもなく、それでいてすごく柔らかいだろうな、と胃が小さく鳴く感覚がして、アクセルを少しだけ強く踏み込む。さっきの居酒屋でちょっとのつまみとサラダしか食んでなかったから腹が減っていたのだ。巣に着くと私は男を風呂に入れるよう、なんとはなしに促した。男はそれにすぐに従った。10分くらい経ち、風呂から出てきた男を私は丸呑みにした。まだ少し濡れていた頭から丸ごと一飲み。男の悲鳴を食道で聴きながら、彼の声にならない声や嗚咽を胃の奥で触覚しながら、胃酸で徐々に溶けていく男の輪郭を瞼の裏に描く。腋の下、足の指の間、睾丸の裏、耳朶とこぼれ落ちた眼球、鼻の穴、首筋、肋骨一本一本を丁寧になぞり、最後に溶解された頭蓋から姿を現した脳のシワの、一線一線を私は私の全神経を尖らせ舐め回すように消えて無くなるその時までを感じていた。一部始終に息を荒げ浮かせた腰の痙攣《けいれん》、そして最高感度を通過したばかりの女陰の濡れを以て、男の存在が私の中で完全に失くなったところで、ようやく私は私が息をしていなかったのに気づき、肺いっぱいに酸素を吸い込んで、そののち激しく咽せた。過呼吸気味に息継ぎを繰り返し、発熱していた体を冷ます。恒温動物の人間にはできないこと、二足歩行の人間にはできないこと、集団生活を主とする人間にはできないことが、ウワバミの私には容易にできてしまう。普段は人の姿に擬態して、こうして一ヶ月に1、2回、人間を喰って生きている私にとって人間は不合理極まりないように思えて仕方ない。なぜ嫌なことに「嫌だ」と言わない。どうして人を頼らず、甘えず、弱さを見せず一人で抱え込んで心を病む。そうして最後は自ら命を断つのはなぜなのか。面白くないのに笑って、簡単に他人を傷つけるくせに傷つけられたと泣いて、嫉妬し、束縛し、法律やルール以上の縛りに自分をも他人をも縛って満足したがるのはなぜなのか。死ぬことを恐れないのはどうしてなのか。私がウワバミだからわからないのだろうか？　私がもしも人間だったら、そんな不合理的な思考で、不条理に潰されて、真顔で「死にたい」とツイートして、飲み会で「セックスしたい」と愚痴をこぼして、知らない男の目の前で「愛されたい」と涙を流せただろうか。知らない私は、人間にまつわる何もかも知らない。だから満月が緋《あか》く輝く夜が来るたびに、人間を喰らうのだ。人間の血を飲み、肉を食み、皮を引きちぎり、骨を砕き、脳を消化する様を視ながら股を濡らし、白目を剝いて中指でイき、窒息死寸前まで無呼吸状態になりながら、人間になろうと、できない脱皮を試みる。透明人間みたいな人造人間みたいな人間モドキの私は、裸の感情に狂い歪《いびつ》な思考を雄弁に語り意味不明な行動の下で恥ずかしげもなく他人を愛せる人間がかわいくてしかたなくて、つい余計に喰べてしまうのだ。唾液と愛液の交わる寝床に転がり自慰するウワバミ風情の私には、人間畜生の生業などは分からないが、人間畜生の貴様らにも所詮ウワバミ風情の私の持つ孤独を知らないのだろう。ましてや、ウワバミ一匹も喰ったこともないような人間畜生ならなおさらこんな悩みも知らないだろう。人間の姿に擬態した異形のものが現代社会の人間の群れの中で息する苦しみが、人一匹殺すことの難しさが、狭くて小さな性的欲求の捌《は》け口と、誰にも言えない秘密を抱えて独りで生きていくことの辛さが、人間畜生の真似事をしているという悲しさと、それでも人間畜生に成れない不甲斐なさ。神の成り損ない人間の出来損ない壊れた機械傷んだ獣バグったアンドロイド語られなくなった昔話の中で死ん

だ存在としてのウワバミ一匹が静かに寝息を立てる巣に差す朝日の、眩しいほどの残酷さよ

Ⅱ　ネオ・ヒューマノイド

ネオ・ヒューマノイド

自然主義的に鳴り響く蟬の声
人間たちは一人残らずへたばって
エアコンのよく効いた部屋の中で
朝っぱらから真昼間から
夕暮れ時から丑三つ時まで
せっせかせっせか子作りに励むお利口な種族
トイレの便座は上げっぱなしでいいよ
空き缶はテーブルの隅にでも置いててよ
ひとまずはちょっとだけ休憩しよっか、と
繁栄の名の下にヤりまくる下等種

皆同じ顔で愛を語りだす
一目瞭然、似た者同士
佃煮の片口鰯　味噌汁の蜆　数の子の兄弟
口利きしない死骸の空っぽな視線が物語る
僕らの生と性と精と正と聖が今一つとなって空に降り注ぐ！

大きく口を開けて日光を吸い込むひまわりの笑い声と
賑やかなセミたちの合唱をＢＧＭに
群れをはぐれた二匹の鳥は大木の枝に腰を休める。
雲一つない青空にはきれいな虹が架かっている。
嗚呼、この世界は素晴らしい！

そんな素振りでＮＨＫ教育の幼児向けアニメーションは大団円を迎える
これらすべてセックスの比喩であるとも知らずに
自分のパパとママが何をしたのかも

その結果、自らが今この世界に生まれ落ちてきたのかも知らず
ただ無邪気にその大きな黒目をしばたかせる
なんという無垢！
圧倒的な純心になすすべなく大人たちは羨み
劣等感を忘れるためだけに女は男に抱かれ男は女を抱き
ある者は大量快楽殺人を犯し尽くし口塞ぎ固結び
ある者は欲望の最果てを目指し０・01㎜の膜を取り払い
ネオ仏教伝来の儀式を執り行う
孕む女の胎内は寄生する劣等生物の超速度の進化によりパンパンに膨張
その一部始終を目撃せよ
そしてしかと目に焼き付けろ
これこそが我々人類の原点であり頂点の体現
生まれて初めての空気が充満したこの地球に誕生した
その瞬間けたたましく産声を轟かせる肉塊が我々の根底だ
今すぐその酸素吸入器を破壊せよ

自然主義的に鳴り響く蝉の声？
戯《たわ》け。我々こそが自然主義であると言い切れ
上げっぱなしの便座
その中で息する人魚に生きたままの蝉を与えよ
我々、人間とは常に進化を続ける異形種
残酷なまでに純心な成熟した胎児
逆さま天地アベコベ上下感覚もトチ狂う
脳に直接性器が飛び出した神様の最高傑作
無論、それゆえに害悪たるこの惑星の支配者
コンプラ的にアウトで地上波では放送禁止なあの姿かたち
それこそがネオ・ヒューマノイドの様相
もはや一周回って自然主義より自然主義的な表情で
同種を俯瞰的まなざしで眺めるだけの
0と1の思想家

日出処《ひいづるところ》平成バトルロワイヤル

思考を放棄した肉人形
ベルトコンベアに運ばれて
一日12時間労働が普通の地獄絵図に嘔吐《えず》く世論
その風潮に丸みを帯びて憂にも似た霞み色
踏み均されるコンクリは血の赤色が乾いた黒
家畜として飼い慣らされる生活
様になってく皮の首輪と手足の鎖と鉛の分銅
溜まるフラストレーションもストレスも
お偉い先生方が言うように
誰にも迷惑をかけない方法で発散

教科書で習った幸せの為に諦めたあれこれが
浅黒く膨張し怪物と化して憑依する孤独に
今まで沈めていた怒りを露わにする
傍若無人な態度、罵詈雑言《ばりぞうごん》の雪崩も
匿名アイコンという大義の下で爆散
脳無しの渇いた瞳の者共が集い
〈文字塊〉人肉を喰らう新人類
右翼左翼政治宗教男女若者老害隣国と厭世性
月に向かって石を投げつけるような自己満を
好き放題吐き散らし
やがて霧散し毒ガスと化し
負の感情は連鎖連鎖連鎖連鎖して群れ集まり絡み合い
分裂と結合繰り返した末に一匹の大蛇と成り
同調圧力の下で潰れて血塗れの鼠を
隠すかのように重ね塗りするアスファルト

死屍累々が積み重なって成り立つ街で
昼夜蔓延《はびこ》る中身空っぽ肉人形の呻き声
散らばった正義も裏を返せば誰かの悪で
応援と期待に応えきれなかった神様は
森の奥の吊橋で身を投げ死んで
後に有名な心霊スポットとなって
今では立派な YouTuber の生息域さ
認知症患った母は4ヶ月前から行方不明で
警察は弱いものイジメ　政治家は昼寝
幼稚な大人たちで溢れた保育園は抽選制
不運な子供達は善悪の彼岸の河原で
朝から晩まで石を積む
来世はニンゲンに生まれませんように、と
切に願いながら徳を積む
リスカの写真載せて貰ういいね

下乳の写真載せて貰ういいね
ハメ撮り動画オナ動画載せて貰ういいね
集め集めて無理矢理高める自己肯定感
故に拗《こじ》れる自己顕示欲と壊れる価値観
腐る倫理観の果てに堕胎手術の繰り返し
貰う性病と青アザ　共依存
消費期限ギリギリまで女は女を切り売り
飢えた男たちに微笑み媚売り腰振りさえずりやがては首吊り
美しい人の一生を花に例えようものなら
花の方からクレームの電話が鳴り止まなくて
「隣人を愛せよ」と言った教祖は荒稼ぎ
誰もが他人に無関心
既読無視とミュートとブロックと陰口
友情も愛情も切り売りして上手に生きて
馬鹿真面目は乗せられ煽《おだ》てられ祭り上げられ

モグラ叩き村八分の末に炎上
燃え盛る実家と共に火達磨と転がり
人間不信と精神病患って診断される躁鬱
眠剤を服薬して見る夢の空虚さだけが
人間らしさをドレインして痩せ衰える心
それを笑い者にもせず遠巻きに見る人々
他人の不幸は募金の対象
報じて伝えて善意としての金を巻き上げ
他国と自国を比較して再確認する素晴らしさ
マナー・モラル・謙虚な国民性
古くからの仕来りも黒い繋がりも見て見ぬ振り
触らぬ神に祟りなし
精神は臆病の裏返し
お涙頂戴番組で泣いてバラエティーで笑って
ネットで愚痴垂れて好きでもない人とヤる

「愛されたい」も「満たされない」も
「幸せになりたい」も他力本願神頼み
手と手合わせて南無阿弥陀仏
どうせ死ぬのに南無阿弥陀仏
一切合切世も末だ！

流行り歌口ずさんでバズったツイートリツイートして流行りのゲームに課金してガチャ引きレア度の高いキャラ当てて羨望の眼差し浴びて満たされる自尊心と加速する欲望／他人に興味ない振りして見えないところで愚痴垂れ溢してサドのフリして笑顔で人を馬鹿にして蹴落として流行りの芸人のギャグ真似て人気者気取って自分のキモさもウザさも自覚しないまま煙たがれているのにも気づかず浮遊する足元掬われるだけの愛の結晶／それをまた匿名の声明にて笑うだけ空っぽ／推しの声優推しのVTuber推しの俳優推しのキャラに酔狂する貢ぎ屋あげぽよよろ乳首弄って中指でイって満たされることのない性欲に踊って誰彼構わず抱いて抱かれて愛の歌口ずさんで死にたくなるだけの自傷癖／嘘

に嘘を塗り重ねて口だけ達者な塗仏《ぬりぼとけ》ドM自縄自縛首も回らず息もつかない汗塗れ豚野郎畜生がこの国の首相／叩く者も叩かざる者も不眠不休の労働狂／無関心畑サイレント・マジョリティーというか臭いものに蓋をする主義そのくせ都市伝説好きのミーハーオカルトサブカルクソカス矛盾野郎／舌切りスズメの大葛籠《つづら》、恋は盲目、零落に遠い目／愛の名の下に浮気不倫厚化粧永遠の処女着飾った自分に一番恋したい！／ってか笑／青春時代に上手に青春できなかった奴が良い年こいて若作り都合の良い関係に成り果てて不幸者へと真っ逆さまに落下／敷かれたレール覆せない男運／セクハラ上司は性欲拗らせた童貞の成れの果て馬車馬へとジョブチェンジしてフェチシズム晒す露出狂／忙しい自分が好きな想像力の欠如した石黒坊主セフレも裏垢男子裏垢女子恋愛拗らせブス人間不信クズ頭お花畑ポエマー気取り変態性癖露見症雄牝凹凸喘ぎ声ラジオ老若男女酸いも甘いも皆々集って瀕死の平成に生きる紳士淑女皆舞いな小学校の踊り場で狂いな／死にたがり病み上がり逆上がり盛り下がり盛り猿／フリースタイル性格に難ありヒトガタバリカタアブラマシマシヤサイマシセックスマシーンネガポジ躁鬱の巣窟に唾吐きあって貶《けな》しあって手を汚さずに殴りあって殺し

あって傷つけあって慰めあって愛しあって死ねよ／美しいこの星の癌細胞一匹
残らず燃え滓と化して最後に残ったお前こそが泣く子も黙る日出処この腐臭漂
う無感情無感動無干渉悲観症他人行儀トチ狂った由緒正しき御国の尊さ。

さぁ、刮目せよ
今すぐ切腹せよ
御国の為に命を捨てよ
それこそこの日出処生まれの男児の死に様
桜吹雪舞い上がる君が代　血の赤　旭日旗

ネオン・ライト

人間風情が五月蝿ェ五月蝿ェ暴飲暴食二口女の一つの胃袋破裂限界が快楽感情の突発条件／瞬間的嘔吐欲求の爆発巡る巡る脳内危険信号赤色の点滅／混み上がる胃液の逆流震える食道を伝って舌先鋭く抉り倒した味覚ズタ襤褸《ぼろ》絡繰《からくり》人形の如く吐瀉物に混じる今朝喰った即席麺昼喰った唐揚弁当夜喰った豚肉牛肉鶏肉の塊とたった今飲んだ安酒と鯨肉の缶詰それと自傷癖狂った二口女自身の血と肉／残酷実験直後の赤子ン脳内の様相ぐっちゃぐちゃの粘性体液中央から端にかけて奇妙奇天烈模様に描かれたグラデヰション・セルフ危険地区／踏んじゃア駄目だ踏んじゃア駄目だ雑菌が感染《うつ》るぞ不能が感染るおまけに気狂いまで感染りよるぞあゝ嫌だ嫌だ病気は嫌だ気狂いは嫌だ二口女は反吐女／兎にも角にもこの街のネオン・ライトは星を見る／乱痴気騒ぎの野次馬種馬鼻息荒げ

て喚き叫ンでは自慢の短小おっ勃てててんやわんやの当て擦り／午前四時の繁華街路地裏斑猫発情期の悪癖僅かに患って性病持ちの若干娼年黒猫野郎と二人飛込む安ホテル九十分間二万五千円で生成される欲求所謂動物愛護の一環／相互間の相違の下凸凹変態遊戯の幕開け花弁大回転絵巻終章嵌殺《はめごろ》し／事後ホテルから出てきた斑猫満足そうに雑木林の岩ン影にて射精すもの射精したと呟きながら陥頓包茎濡れ蛇口の付根の汚ねェ雑巾に大事に包んだ金玉二つを確かにその手に感じたまンま思い切り潰して引張り伸ばして繰り繰り返して煙と共に現れる大化狸別名異種姦性愛糞狸／夜な夜な彷徨うこの世の狭間の気狂生物他支視点観すりァ不合理の被害者不条理の弱者／強者包皮の弱者カブレが全裸弱者をブン殴打《なぐ》るこの世の所業鉄槌と大鎌の同時打ち／箸にも棒にもこの街のネオン・ライトは星を見る／屁の河童川流れて塗仏の顔も三度まで送り犬が西向きゃ東八郎は女郎蜘蛛と寝ンごろの関係／精螻蛄《しょうけら》ケケケと覗き見たごおんごおんと鐘が鳴り野寺坊と泥田坊の大喧嘩縷々コン絡がって引っ付き合ってヨヨイノヨイと来りゃ飲めや歌えや宴だ狂え！／一一月八日の夜、ネオ仏教徒破戒僧谷田信吉容疑者（五四）は同じくネオ仏教徒破戒僧青嶋大悟容疑者（三七）と藤川実容疑者（三四）、地元の高校に通う笹尾遼平容疑者（十六）はバイト帰りの大路鷹鞍大学教育心理学部三年上坂つぼみ（二一）を拉致監禁し三日三晩性的暴行を加え殺害。同月一五日に付近の山へ放棄した。事件について青嶋容疑者は、ＳＮＳを通して高校二年生の笹尾容疑者と、被害者の上坂さんと知り合ったと話してはいるものの「殺していないし死体も捨てていない」と容疑を否認。警視庁は、事件の詳しい情報について慎重に捜査しています／兎にも角にもこの街のネオン・ライトは星を見る／兎にも角にもこの街のネオン・サインは月を見る

神風が雑貨屋で売ってる世の中。でも数年前はこの場所も戦場だったなんて聞いてないよ。「学生運動」「武力行使」「政治的圧力」漢字ばっか。つまらん今より明るかった過去。「誰か、タイムマシンはよ」ってツイート・リツイート。どろっと濁った若者言葉も秘密警察と特攻に捕まるから人権はまるでキーホルダー。北枕なんて今だから言える贅沢者のジンクス。弥勒菩薩も科学技術で一瞬で再生。大量に生産＆排出を繰り返し子作りの乱打　アトランダム。並んだ南無阿弥陀仏と南無妙法蓮華経が入り乱れた舞台で踊る釈迦まだらにタトゥー。とりあえず地団駄したい。老害狂った社会のゴミ溜め。働け働け馬車馬のように鬼畜・家畜が服着て横断するが如く謎を紐解くとこまでが時代のカンダタみたいに蜘蛛の糸を辿るロジカル。後悔ばかり地獄絵図。あぁ、大正ロマンが笑って見てる。アングラポップを喰らえ喰らえ、サブカル女子が古着の着せ替え原宿を闊歩　強姦の友。まるで金玉の中で泳ぐカエルのこども。連続テレビ小説の主題歌が年中流行って紅白参戦。なんて簡単に予言できる未来に生きてる我々は現代社会に蔓延《はびこ》るブラック企業に就職を余儀なくされて、片足に鎖と分銅ぶら下げる日常。「棺桶と墓石は生きてるうちに買うべき」とテレビで評論家が言ってる。ネットのレビューも結構高いし今年中には買っとくか、って見事なまでに洗脳されてる人口密度の大半がロボット。ＡＩだとか言われてた一昔前に戻りたいな、って気付いた時にはもう遅かった。新潟くすぶった詩書きのつぶやき。金閣寺を燃やした僧の思い出が空中分解とその速度。狂人が溢れ返るだけで日が暮れる退屈な日常。その中でいつしか濾過してた自分自身の輪郭。延々続く自問自答の末に見つけ出した自分自身の影すら未だに怖くて触れない。闇の奥にまだ手は伸ばせないまま明治は大正、それから昭和、平成が終わり現在の年号「令和」へと繋がるＤＮＡの成れの果てに生まれてしまった我々の存在なんてこの地球には有害に違いない。無線ＬＡＮの影響で東京に人工衛星がおっこちた時にボクは世界一大きな万歳を最後に人間なんかやめてやる。

不感症の庭

イソギンチャクになって
月の水面の奥でうねうねしていたい。
「友達なんて窮屈なものいらない」なんて
もう言わない。
夏、青々と萌えていた葉っぱを一ヶ所に集める。
そこに昔の恋人を閉じ込めて
油を撒いてマッチに火をつける。

夏を埋葬する。

焦げた肉の匂いを風がかき消して、
すっかり黒くなってしまった昔の恋人の顔を
ぼくは思い出せなくて笑ってしまう。
そんな光景をきみにも見せたいよ。
「わがまま言っても嫌いにならない？」って
そんな、なんてことない会話の羅列の果てに
共通の秘密を共有した二人が
別れてしまうということは
きっと、そういうことなんだと思う。
うろこ雲といわし雲とひつじ雲の違いがわからない
秋は、肩で激しく呼吸しながら
夕焼けて真っ赤になったナイフを握りしめていた。
「生まれ変わったらなんになりたいとかある？」「突然どうしたの？」「なんと
なくだよ」「ふーん。そっか、で？　何になりたいの？」「俺は星になりたい
な。適当に燃えて適当に光って、それが地球に届く頃には俺は死んでて、みた

いな。お前は？」「ぼくは、そうだな……。イソギンチャクかな。静かな月の夜の海の中をうねうねしていたい」
どうして、今になって
「友達なんていらないよ。俺にはお前がいるからさ」「なんだよそれ」「いいじゃん。高校卒業したら一緒に住もうぜ。お前さ、同居と同棲の違いってわかる？」
どうして、今になって
どうして、今になって
こんなことを思い出してしまってるんだろう
埋葬した夏が
あの蒸し返るような熱帯夜が
昔というにはあまりにも早すぎる
季節に別れた恋人の声が
整髪料の匂いが
煙の充満している庭のあちこちにフラッシュバックする

無言の殺気に振り返ったぼくの背後に
いつの間にか立っていた秋が
静かにナイフを振り下ろすのが、一瞬見えた
赤く眩しい夢みたいな景色の向こうで
笑う彼が見えた気がした
日が沈んだ途端に寒さを増した庭の真ん中で
死に損ないのヒグラシが鳴く
ほとんど黒に近い赤色で汚れたぼくを埋葬する
きみは夏でも秋でも
ましてや冬や春でもない姿で
それでもまだ
星になりたいと言うの

ヒヨコ

地上へと続く階段を上がる無機質な壁に均等に並ぶ排出口がだらしなく乾いた涎を変色させていたがそれもまた街の一部、と私はベルトコンベアーから流れ続けるヒヨコの一匹を殺処分のカゴに放り込むのだった。慣れてしまった命の選別作業はただただ淡々とこなされるそこに道徳心の介入する隔て手だてはもはや無く最初のうちは人間としてどこか破損しているような気がしてならなかったがそれすらも最近は無感情に私は私の生活の為に神様の真似事のような業務を日々繰り返していた機械的に感覚的に人間は他の生き物たちの命を食らい生きているのだからと有りもしないこじつけと御託と言い訳を卓上に並べまたしなくてもいい辻褄を敢えて合わせてサラダに盛り付け飾り付けまた夜食のサラダを黙々と食って動物的な欲望をヒューマニズムで我慢して寝たのだった。「仕方ない」で割り切るのはもう遅いような気がして「みんなやってる」で自己肯定をするには大人気ないような気がして「当たり前」くらいが丁度いい、と言い切って生き残ったヒヨコが大人になって産んだ子の一人を私は知らず知らずの内に炊きたての白米の上に乗せて食べていたがそれでもいいような気がしてならなかったのを平成生まれの性ですと言ってしまってよかったような気がして言ってしまった。瞬間、足元がぐらりと揺れ動き始めた私は自分のいる状況を日常の業務の中から瞬間的に理解しまた同時に恐怖するのだったがこうなってしまったが最期逃げられることはできないのだと悟っていた。ベルトコンベアーの上に私一人、その後ろにまた一人、二人、三人、四人……と、無数にも私が私と同じ顔でキョロキョロと辺りを見ていたのだった。

猫は殺すに値する

へたばって転がって地面の上
吐き捨てられたゴミのように
アスファルトに擬態するのがお似合いさ
針金のような長いしっぽがグニャリと曲り
その上を何台も何台も重機共が通過する
ピキッと骨が折れる音は聞こえたか？
我々は平然とラブソングを口ずさむ
ネチョッと肉が分裂《わ》れる音が聞こえたか？
我々は平然と昨夜の性交を反芻している
頭蓋が砕ける音が脳が潰れる音が肋骨が折れてその破片が脇腹に刺さる音が目

玉が飛び出す音が爪が歯が剝がれ落ちる音が血と糞尿が流れる音が聞こえたか？
我々は平然と仲間と談笑し飯を食い散らかす
猫は殺すに値する
我々人間とは決して同等に扱われない
他愛のない小動物畜生の身勝手な生き死にに
我々人間はいちいち心痛める余裕なんてない
車道でくたばる仔猫の汚い死骸を朝から見る羽目になる我々の言い分だってまんざら分からンでもないだろう？
（我々は猫の死骸専門の処理業務窓口をこのたび設置した。窓口のポスターには〈仔猫一匹……一〇〇〇円　大人猫……一五〇〇円〉と書いてある。そのすぐ横にはデフォルメされ翼の生えた猫が無邪気に笑ったイラストが描かれている）
猫は殺すに値する
我々はどうか、と問われれば
シニカルに笑ってそれまでだ

搔爬《そうは》

雑居ビル共の軋み
がなる家鳴りの稲光
その瞬きは儚き香りを伴い
カラタチの梢は震え葉は揺らめく
ヒバリの羽ばたき新たに
煮えたつ苛立ちを腹の底で感じつつ
まだ火の点いたままの煙草を踏んだ

幼子の肺に溜まる副流煙に思いを馳せる
喰い物の死骸、猫の腑、ＢＢ弾の悪態

目を細めて笑う母親の黄ばんだ八重歯に
魚の眼がこびりついているのを知ってか知らずか
お前はカラクリ人形のような声で鳴いた
空き家となった鳥の巣、蟻の行列
ミミズの木乃伊《ミイラ》とプランクトンの亡骸
我々の死様は墓石に掘られ
肉体は燃やされ魂は絆《ほだ》され
残った骨は適当に砕かれ壺に収まる

口を噤んだ者同士一切合切を語らおう
一部始終の悪行を告白し合い慰め合い罪を償い
身を焦がす想いひとつ身の程を知らず
情けない姿晒し涙ながら神に赦しを乞おう

——大地に染み入る雨が流す浮世で

（混沌が白濁し溜まるゴムの中）
――安価な愛に身を委ねて裸で眠る姫よ
（情欲と好奇心に促されて望まぬ子を孕む女よ）
――抗いなさい、さすれば君は春に身を焼かれ爛れるだけだ
（黒焦げた腹の裂け目から子らはわらわら湧き出し、赤い髪を振り乱し蠢き泣き喚く）
――選択を迫られるのは常に己だ
（博愛と妙のボーダーラインに立つ陽炎の奥に）共に誘われんとす（誘惑の風速）流線型の（名前のない）感情（と）混じる（Unknown（際のモノたちの喃語が（うるさく（静かに（鼓膜を嚙む）真夜中過ぎ朝焼け前
――（破けて飛んだ（命が（ひとつ（落ちる音）幻の、の、交り
朽ち果てた身体と身体
絡み合うのはもはや渇いてヒビ割れた指だけ

風化していく現世たちまち狂い
煙に巻かれて風は凪ぎ　老いは留まりいずれは止む
売られた春を買ってった男はもはや輪廻へ帰り
今や獣の腹の中で無邪気な夢を逍遥するだけの卵割の行く末
雪解けた水が蒸発し漂う鉄錆の町に紅は熟れ

御仏の自慰

一億総活躍社会に属する
老若男女の涙で満ちた
病棟みたいな水槽の底に
落としたレンズを拾っておくれ
中学の公民の授業で知った現代社会の実状に
驚いた拍子に鱗と落ちた
飴玉みたいに綺麗な色したガラスのレンズだ
薄氷みたいにヤワなつくりのガラスのレンズだ
血と汗と油が混じった汚れた両手で
かくもはかない我々

一億総活躍社会に属する
日本国民の涙で満ち満ちた
収容所みたいな水槽の底に
落としたレンズを拾っておくれ
地獄のまん真ん中に降ろされた
御仏様の蜘蛛の糸のように
巨大な右手が天上界から降りてきて
飴玉みたいな薄氷みたいな
僕のガラスのレンズをそっと摑んでくれるのを
ひとりベッドの上で夢想する
ガラスのレンズの上にはおよそ一億六千万もの人々が
まるでノアの箱舟に乗り込むように縋りついて
やがて重さに耐えきれなくなったレンズは
粉々に割れて血の匂いの充満する地獄の底に
キラキラ輝くガラス片を降らすだろう

およそ一億六千万ものこの国の民衆は病棟のような収容所みたいな処刑場みたいな水槽の底で身体を切り裂かれ目玉を貫かれ腹わたが溢れ血に塗れ糞尿と胃液で異臭を放つ肉塊と化してサヨナラ
その一部始終を夢想してイった仏は馴れた手つきで精液をティッシュに包んでゴミ箱に投げ入れると、早々に疲れ果て、眠る

ドッペルゲンガー

車窓越しに見る風景の端から端まで隅々探してみても何処にも俺はいないけど
二〇二年前にこの平成時代日本国に生まれてこのかた俺はこの国の何処かにいる
筈の俺を探し続ける呪縛に苦しんでいる始末でNAKED LOVE＝2万円かそ
こらで買える知らない女の背中に俺は俺の名をほじくり返したい欲求に苛まれ
る夜がある夜がくる夜が明けてもそれは止むことなく寧ろ日に日に強まる感情
を第三者視点から論じることで無理矢理脳内からの排除を決め込もうとする名
も無き防衛機制／頑なに硬くなり続けてる下半身に俺は俺の未来の子供達の名
をつけて撫で回すと喜ぶ／神経疾患とか精神異常とか学習障害を疑う第三者の
目線がいつも俺を常人たらしめるお堅い人種からの強い指摘／早期解決法とし
ての情操教育というイカれた概念を植え付けた学校という名の鬼畜牢獄精神病

院公然の秘密絞首台の上で俺たちは一人残らず野猿から人間に成り下がった俺はそのときの記憶を最初から最後まではっきりとはっきりとはっきりと記憶している忘れる筈が無いあの痛み苦しみ泣き叫んでも誰一人として助けようとしない冷酷な視線と蒸し暑い初夏の空気感体温と心拍がひたすらに上昇している狂った空気首から上が無い感覚と首から下で俺は俺自身としてのアイデンティティーを何度も何度も反芻していたあの下半身の熱《いき》り勃って勃って勃ち続けた俺としての存在感覚俺としての存在価値アイデンティティーとマイノリティーの入り混じった俺たらしめる陰茎の膨らみ／俺と未来の嫁さんがこの地獄感溢れる世界に排出するであろういつかの俺の子供達の鼓動が腸を直通して肝臓を経由し胃を逆流して喉まで出かかった出かかった出かかったが俺はそれを無理矢理飲み込んでまた睾丸の牢獄の中に押し込んだ／お前らが生まれるにはまだ早いまだまだこの時代感は俺の遺伝子を記憶している俺の子供達が生まれるには厳しすぎるのが目に見えてわかる生まれるには未だ適さない時代感が肌を突き刺すのがわかるわかるまだだまだ／俺は俺をまだ見つけていない謂く付きのそのドッペルゲンガーを／俺は俺を記憶している／過去それは俺の

頭部であり脳であり記憶であった／俺は本来在るべき姿の俺を未だ知らない）

――躁

三界の袯

乾いた指先にさえ血が通っています
無機質な白いベンチは手術室の前
私はそれに座り、気持ちの悪さを感じています

超前衛的な油彩画のような粘り気のある妄想は、みな悪しきものの象徴です（たとえば悪魔の顔面上半分）。それで私の顔面上半分を覆いました／奈落のような眼球が一発で沈む／それは新進気鋭のＡＲＴ／その場のテンションと熱気のままに隣人のみぞおちを殴れるクレイジーファンのようなものです／逝く場所のないエネルギーはすなわちプラスフラストレーションに変更／河床に打ち上げられた海苔の死体にしがない黙祷を捧げましょう／集蛾の複眼と卵の点

描の類似点また相違点をそれぞれ箇条書きしなさい／生を天、死を地としたショッキング・ピンクの一点透視図に見た愛！／うず高く積み上げられた恋する乙女たちの恋に恋するハートの目／獣の匂いとシンナーの刺激臭が未成熟な脳を狂わせます／トリップビュー、ＬＳＤのフラワーフィールド／恐怖と畏敬の念による信仰は絶対にゼロです／喪中押し寄せる性的欲求に伴ってアレは汚れ役を買って出ます／今は逆流した道徳観によって私は肉塊の割れ目に挿入したくてたまりません／バックミラーの下で揺れているだけのペールグレー・ガンジャはイミテーション／未就学児はオーラル・セックスを嗜みなさい／それは催眠効果のある夕餉時のギロチンそのものです／（もしくは金太郎とほぼ同じ効果を発揮します）／神秘的で退屈な夜を真似た大天狗を惨殺しなさい／私たちは今、本来あるべき姿へと戻り、妖時代の復活を宣言します／奇天烈劇場は僧侶と尼はインチキ鍼治療を開始しました／膣に住んでいる女の子が活発にべしゃりまくるおっパブで愚かな男たちはくだらないマジックで何時間も潰せます／鶏頭たちとの楽しく怪しいカクテルパーティー。それと少しの喘ぎ声が夜の活性化を促進させることでしょう／奇妙なカメレオンのおもちゃの皮膚はのび太くんの引き出しの中にあります／私の妹が加害者の鍵付き日記に潰されてしまった本当の意図／（丑三つ時に、心がみしみしと音を立てる）／崩壊する可能性が高い歯抜きのジェンガは脆い精神病患者たちのメタファーです。それは著しく侵害されている人々を否定していることにつながります。しかし、それを問題視する人たちはTwitterでしか息ができない宿命にあります／善悪の彼岸にて病の進行状況と対応するようにひび割れたアスファルトから流れ出続ける血はそのままこの街を性的に活発化させます／私は爆発した不条理について沈黙のうちに話をします／猫の吐瀉物に似た感情の侵食／ゴシップマガジンにデカデカと貼り出された薬物所持の疑いで書類送検された私の好きなアーティストの疲弊した顔にキッスしても悲しさは紛らわせません／偶然にもその様子を見た政治的および宗教的なショーハウス棲みの鉄製マリオネットは冷笑することでしょう／カタコンベとラブホテルは不眠不休／そこで狂い踊る若若男女の足元には呪いの赤い靴／（それは災いと幸運です）／咆哮してください／呪術師たちの屈辱的な横顔を私たちは黙って見ていることしかできません／「血と肉の赤色で描こう混沌の地獄絵図！」／（それは令和元年から始まりま

す）／情報の操作がないことは何もありません／タイムラインの樹海で迷った
自殺志願者たちの最期の書き込みにいいねしている奴等こそ死ぬべきこの国で
生きることなんて意外と楽なのに、私たちは自分が一番の不幸者みたいな顔を
して、軽佻に膣内射精をしてしまうことでしょう／この土地で爆散するまで、
強制はずっと途絶えます。

世紀末のクリスマスイブ
お前らはみんな同じ顔して
性的倒錯を撒き散らします。
「もういっそ朝までママと赤ちゃんプレイでもしときな！」
すいません。それは私の意図的な本音ではありません。
――381件のウイルスが発見されました
――ウイルスバスターを起動しますか
植木鉢の真下。骨壺の真下。幾億もの水子霊たちの遊び場の真下。全長六メー

トルの不動の真下。それらの直線上に連なるように並べられた十三個の円。それが霊界への入り口（そこからの記憶はありません）／淫らに乱れた原色が散布されたホワイトペーパーを炙《あぶ》れば浮き出る三界圖《ず》／驚くべき多色動物たちの紅の交配！　そして、その死！／比喩的に具体化する詩を読むなら神界の目抜き通りはやめておいた方がいいでしょう／常に牛歩戦術的に混雑しており、平和を信仰し過ぎたあまり暇を持て余しひっきりなしにひっつき虫と化し近親相姦と暗殺で繁忙を極めています／蠢く三次元平面の美しさ。破壊と再生を繰り返すゆりかごの中では幼児がメビウスの輪を口に入れて遊んでいます／そして（それはとても可愛いです）／しばらくすると疲れきって寝てしまいます／一匹のキュウカンチョウが歌い、支配者が話す絵のように時代の悲しみに加わってください／曇った車窓上に未来の絵を描く我々は羊水では胎児と化しプラスチックの臍帯に着用しています／落下した卵が汚ねぇ机の上に破裂しました。遊楽の魔物の目を盗んでください。手前ぇ等は「好きな画像だったので保存しました」とかなんとか言って、事の一切合切を齣《こま》撮りの画像として継いで剝いで切り貼り施しコラ画像やらＧＩＦ画像やら作って投稿してバズって笑って粗チンみたいな自己顕示欲おっ勃たせながらザーメン出して満たされていりゃあそれでいいのです。我々はそれをひどく軽蔑するでしょう。リバースプレイとして、こども嫌いの母親の首をきつく締め上げます。そのあと祖父の寝ている腹を蹴り飛ばします。夜闇に鳴るカーペンターズの「イエスタデイ・ワン・スモア」はオルゴールVer.／神経細胞が麻痺って喉奥に酸っぱいものが溜まろうとしています。目の奥が鋭く温められるとたちまちのうちに脳が沸騰しました。その間、一分一二秒の悪夢です／今ある幻覚が別の幻覚を呼びほかの幻覚を伴ってあらゆる幻覚が幻覚と混ざり幻覚が、幻覚は、が混ざり幻覚を伴っ、幻覚の、それ、幻覚です／鼓膜を揺さぶるあらゆる皮膚病の蛇は歩幅が違うのです／指先が妹の経血で着色されている夜遅くに妹は囁きます。

「兄さん、わたしが知らないうちに会いましょう。そして、そのときはかならず手を握ってください」

もはや荒れ果てた産婦人科の分娩室で
自らを忌子と決めつけた土色の肌の幼子たちは
月を落とすかの如く生まれた瞬間

それはもう甲高く泣き喚き
柔らかく、蒸し暑い夜の空気を切り裂いて
私は亡き妹を思い、ひとりきり
ひとしきり涙を流すことでしょう
手の甲の血の脈は常に
私の意図しないところで
微細に愚直に痙攣《けいれん》しています

蔓

内蔵分布図。　遥かなるａｓｉａ
　一呼吸一呼吸繰り返される
　死体遺棄の幻覚
　見紛う悪夢……その記録

誰かの見た殺意　　　　言いようのない脈動と連動して夕映え。天使は
生きたまま礫。血みどろの人形町。背中で眠る子の手に徒花。萎れゆく景色、
往来の、往来に類似するように、、、、、過密した夕ガメの産卵風景
　　　　　　　　　　　　　　　　　　　　　　＠＠＠＠＠＠＠＠＠＠
　　　　　　　　　　　　　　　　　　　　　　＠＠＠＠＠＠＠＠＠＠

@@@@@@@@@@@@
@@@@@@@@@@@@
@@@@@@@@@@@@
@@@@@@@@@@@@
@@@@@@@@@@@@
@@@@@@@@@@@@
@@@@@@@@@@@@
@@@@@@@@@@@@

「ここはどこ?」
　　　　　　　　私が私を放棄して
水になる。　　　腐る。　　　微生物の複
眼
黒黒黒黒黒黒黒黒黒黒黒黒黒黒黒黒黒黒黒黒黒黒黒黒黒黒黒黒黒黒黒黒黒黒黒
黒黒黒黒黒黒黒黒黒黒黒黒黒黒黒黒黒黒黒黒黒黒黒黒黒黒黒黒黒黒黒黒黒黒黒

破れた白紙の切れ端に≪愛人≫の文字
くっきりとくっきりとくっきりと雨の落ちる音
　　　　　　　　　　　熟れた桃の香り
　　　　　　あの子のお腹の子の頬と同じ臭い
　　　　振　　　　　　　　　　　　　　　点滅する
ピンク色
壊れた世界の脳　動する。

　　　　命　　　　　　　　の　　　　　　　言語
〈〈羽化したモンキチョウ〉〉　２６番目　　の

＃魂
　　（誰も抜け殻の話はしないで）
けたたましく　　　鳴る　　　心臓　の
アラーム。　起きない男女は裸のままで　「

子どもの頃に夢を見る　その
手足を　バタ
つかせ　て泳
ぐ現実
）孵化。

骨が、

骨が、

骨が、

やわらかく

しなる。
青い植物

解説

元澤一樹詩集『マリンスノーの降り積もる部屋で』巻末解説

人間になりたい　――存在の深い闇から放たれる言葉

大城貞俊

元澤一樹の詩に出会ったのは二〇一七年の第10回「びぶりお文学賞」の受賞詩が初めてだった。琉球大学附属図書館主催で県内の大学や大学院大学、短期大学、高等専門学校に在籍する学生を対象にした文学賞で、若い感性や新鮮な発想に出会える機会を楽しみにしていた。

その年の詩部門の受賞作が当時沖縄国際大学二年次の元澤一樹の「アニマルテーゼ」だった。一読後、強い現代性を帯びた詩世界に圧倒された。逆説的な喩法や挑戦的なレトリック、豊かな語彙力に支えられて時代を批判する言葉の重さや慧眼に驚いた。

二〇一八年には第14回「名桜大学懸賞作品コンクール詩部門」で最優秀賞と

いう朗報を耳にした。また二〇一九年には「石川・宮森630会」が主催した「平和メッセージ作品一般成人詩部門」で最優秀賞を受賞する。元澤一樹の詩は次々と高い評価を受けて一気に注目された。

びぶりお文学賞を受賞した詩「アニマルテーゼ」については、選考委員の松原敏夫と宮城隆尋は、その年に出版された作品集の選考評で次のように述べている。

作者は現代という時代に対する意識を持っている。その現代意識から発する言葉、世界のあり様を告発し描いている。作者は現代がアニマル(動物)化していると見ている。現代の人間の状況への辛辣な批判というか、生き物を殺める事への無感覚。コンピュータに依存した、実感のない世界、愛の不在、神への不信、疑義、この救いがたき世界。そういうことを、イロニー、諧謔、アナロジーを使って書いている。(中略)受賞作にしたのは詩にかける作者の現代精神がよくでているからだ。技法云々ではない。現代詩にとって、こういう世界の現実の姿に関心をもって、自分の

言葉を投げかける行為が必要である。(松原敏夫)

人間の動物性を徹底的に肯定することは、人間が神と同じような崇高な存在であることのおごり高ぶった認識に対する強烈なアンチテーゼとなる。「アニマルテーゼ」はそこからさらに、創造主である神の動物性にまで視野が及んでいる。(中略)

人間はもちろん、神でさえ、食い食われる動物や虫と同じ存在であると言いたげだ。優しさの正反対のパワーは、結果としてそれらの優しい詩に対しても、その欺瞞性を暴くことになる。このパワーの基底には、神は人間が作り出した虚構でしかないという考えがあるのだろう。物事を上下で考える価値観に対しても、強烈なアンチテーゼになっている。世界とは何か。神とは何か。読み手の価値観を揺さぶり、再考を促す力強さだ。

(宮城隆尋)

二人の選者は山之口貘賞の受賞者であり実作者である。この評は本詩集を読む際にも大いに参考になるはずである。

※

二度目の驚きは、本詩集出版のためのまとまった詩篇を読んだときだ。多くの言葉を費やすことは憚られるが、詩の言葉の生まれる場所が、存在の深い闇に錨を降ろしてじっくりと思考された場所であったことだ。痛烈な批判精神や強い現代性は社会を対象にしただけではない。自らをも対象化し諸刃の剣で切りつけるものであったという衝撃である。自らの不安や焦燥感、怒りや孤絶感からの脱出が必死に模索されているということだ。

このためにこそ様々な詩の方法が試されるのだ。「猫は殺すに値する」に見られるシニカルな逆説、「十代」に見られる果敢な比喩、散文詩でありながら凝縮された言葉が氾濫している「日出処平成バトルロワイヤル」、言葉の解体と収斂を実験して視覚的な言葉を創出することに挑戦した「蔓」、いずれにも認識の凶器としての言葉が潜んでいる。

小動物や昆虫や微細なバクテリアの死骸をもマリンスノー（海雪）と喩えて凝視する言葉は、形而上学的思考を生活の言葉で考える方法とも思われる。猫もイソギンチャクもヒグラシも蟋蟀も、ウワバミさえもが、生死が照射され公平な命を持った対象とされるのだ。

人間であること、人間とは何か、私は人間か。人間はどのように定義すればいいのか。どのようにすれば人間になれるのか。人間になりたい。「人間になろうと、できない脱皮を試みる。透明人間みたいな人造人間みたいな人間モドキの私」（「ウワバミ」）……。

若い詩人の奮闘する言葉は、アポリアな問いに果敢に挑戦しているのだ。自らを把握する言葉は痛みを伴った赤裸々な言葉こそが相応しい。ピュアな心を曝けだし、生理的な言葉にこそ真実は宿ると主張しているようにさえ思われる。本詩集の魅力は、この粉飾ない真摯な姿勢にこそあるように思われるのだ。

※

言葉と格闘した高名な詩人にパウル・ツェランがいる。パウル・ツェランはユダヤ人であるがゆえに先の大戦で強制収容所に拘留され両親は殺される。彼は奇跡的に生き延びるが全てを失ったというツェランには言葉だけが残されていた。ツェランは記憶を語る言葉と格闘しながら詩を書いていく。死者たちを悼む言葉ではなく死者と共にある言葉を探し続けて詩集を出版する。しかし、やがて言葉に対する無力感と絶望感に苛まれセーヌ川に投身自殺をする。死の恐怖と沈黙の時間を経て獲得した言葉は彼を救ってはくれなかったのだ。

それでもなお人間は戦争の悲劇を描き続けてきた。ベトナムの作家パオ・ニンの「戦争の悲しみ」や中国の作家莫言の「赤い高粱」などは、戦争によって人間が破壊される凄まじい現実を描いている。権力に隠蔽される記憶に抗うように言葉を紡いできたと言っていい。戦争は正義を掲げて平和を破壊する。権力は歴史を歪曲し、弱者の記憶を葬り去るのだ。

詩人もまた同じ困難を担って詩の言葉を探し続けてきた、例えば在日の詩人金時鐘（キム・シジョン）もその一人だ。一九二九年日本の植民地時代の釜山で生まれ、熱烈な皇国少年として成長し日本の敗戦に涙を流したという。ところが、敗戦を機に日本語でしか思考できない自身の分裂したアイデンティティに気づく。そして朝鮮戦争後の軍事政権下で勃発した済州島四・三事件に巻き込まれ日本へ脱出する。日本語で思考する自らを対象化し日本語の短歌的抒情に抗う言葉を探しながら長い沈黙を経て詩を発表する。人間であることは言葉を求めることかもしれない。失った古里を探すことかもしれない。

若くして登場した詩人元澤一樹の行方は未だ茫洋としている。推測の域をでないが人類の「償いの場所」を求めているようでもあるし、「欲望の最果て」の場所の色彩を見極めようとしているようにも思われる。あるいは孤絶感からの脱出を目途にしているのかもしれない。

しかし、元澤一樹はいかなるときも人間を離さない。人間であることをやめず、人間になることを諦めない。若々しい感性から弾き出される言葉は私たちを勇気づけてもくれるのだ。一人の詩人のデビューに立ち会い、第一詩集の解説を書くことは名誉なことだ。

元澤一樹の詩の一つに「掻爬」がある。冒頭部と終末部は次のように書かれている。

雑居ビル共の軋み／がなる家鳴りの稲光／その瞬きは儚き香りを伴い／カラタチの梢は震え葉は揺らめく／ヒバリの羽ばたき新たに／煮えたつ苛立ちを腹の底で感じつつ／まだ火の点いたままの煙草を踏んだ／／（中略）朽ち果てた身体と身体／絡み合うのはもはや渇いてヒビ割れた指だけ／風化していく現世たちまち狂い／煙に巻かれて凩は凪ぎ　老いは留まりいずれは止む／売られた春を買ってった男はもはや輪廻へ帰り／今や獣の腹の中で無邪気な夢を逍遙するだけの卵割の行く末／雪解けた水が蒸発し漂う鉄錆の町に紅は熟れ

若い詩人元澤一樹の前途を祝し、いかようにもスディル（脱皮する）であろう言葉の行方を期待してやまない。

（作家・元琉球大学教授）

著者略歴

元澤一樹（もとざわ　かずき）

1996年、沖縄県生まれ。2017年、詩「アニマルテーゼ」で第10回琉球大学びぶりお文学賞を受賞。2018年、詩「ハイブリッド・ミュータント」で第14回名桜大学懸賞作品コンクール詩部門最優秀賞を受賞。2019年、詩「白磁色の群星《むりぶし》」で宮森小学校平和メッセージ作品・一般成人詩部門最優秀賞を受賞、詩「種の詩」「ドッペルゲンガー」「映画観」が第15回「文芸思潮」現代詩賞佳作に選出。同人誌「煉瓦」、個人誌「夜盲症」「タイムラプス」発行。詩朗読団体「RE: present」主宰。

現住所　〒901-0314　沖縄県糸満市座波52-2

石炭袋

詩集　マリンスノーの降り積もる部屋で

2020年2月10日初版発行
著者　　　　　元澤一樹
編集・発行者　鈴木比佐雄

発行所　株式会社 コールサック社
〒173-0004　東京都板橋区板橋2-63-4-209
電話 03-5944-3258　FAX 03-5944-3238
suzuki@coal-sack.com　http://www.coal-sack.com
郵便振替　00180-4-741802
印刷管理　（株）コールサック社　制作部

---

*装幀　奥川はるみ

落丁本・乱丁本はお取り替えいたします。
ISBN978-4-86435-422-6　C1092　￥1500E